Título original: *Graines de sable*
Todos los derechos reservados

Ilustraciones y texto de Sibylle Delacroix
© Bayard Éditions, 2017
© de la edición española:
    Editorial Juventud, S. A., 2018
    Provença, 101 - 08029 Barcelona
    info@editorialjuventud.es - www.editorialjuventud.es

Traducción de Clara Lairla González

Primera edición, 2018

ISBN: 978-84-261-4555-0
DL B. 20280-2018
Printed in Spain

Sibylle Delacroix

Granos de arena

JUVENTUD

Hoy se han acabado las vacaciones.

Al volver a casa, Ulises todavía tiene un poco de agua
en los ojos y yo, olas en el corazón.

Y en mis sandalias,
un montón de arena.

–¿Qué haces?
–me pregunta Ulises.

–He recogido granos de arena y no quiero tirarlos.
Ven, vamos a sembrarlos.

–¡Ah! ¿Y qué crecerá?

–Espera y verás…

−... ¿quizás un campo de sombrillas, que saluden al sol?

–O tal vez, un bosque de molinillos de viento,

que ayuden a empujar los barcos.

–¿Y qué tal un campo de helados?
–¡De limón, por favor!

–¿O por qué no un castillo muy resistente,
uno que no se lleve la marea?

–¡Después regaré tanto
que se formará una ola gigante para mojarnos y divertirnos!

–Incluso puede ser que los granos
de arena nos devuelvan la playa entera,
esa playa de polvo de oro que se deja escurrir entre los dedos.

—Y podemos regalarle un poco de polvo de oro al hada de los sueños…
—dice papá, que llega mientras me froto los ojos.

Antes de dormirme,
oigo a papá que me promete
volver el año que viene para recoger
más granos de arena.